林京子の反核世界

渓水社

まえがき

核戦争の起こりそうな危機は、これまでにも幾度かありました。

一九五〇年六月に朝鮮戦争が始まった時、日本占領のトップに在ったマッカーサーは原爆の使用を考えましたが、大統領のトルーマンと意見が合わず、解任されました。原爆作家で詩人の原民喜が自死したのは、その翌年のことです。

一九六二年一〇月から一一月にかけてのキューバ危機では、旧ソ連がキューバに核ミサイル基地を建設中だと発覚したことから緊張が一挙に高まりました。

二〇二二年二月におけるロシアのウクライナ侵攻は、大統領のプーチンが「核の脅し」を仄めかしたことにより、世界は核戦争の危機を感じるようになりますが、ロシアはウクライナよりも先に日本侵攻を考えていた、という話もあります。北朝鮮のミサイルは、何度も日本上空を飛んでいます。核戦争はいやだ！

終戦の時、私は旧制中学二年。広島での第三号被爆者だったせいか、原爆文学には興味を持ちましたが、長崎は広島より少し出遅れの感じがしました。

長じて核戦争防止国際医師会議（ＩＰＰＮＷ）日本支部の理事となり、長崎へ行く機会も多く、長崎に本拠を置く短歌誌の同人だったこともあって、広島・長崎の原爆文学についての比較文学論を考えるようになりました。

長崎の初期では石田雅子、少し遅れて後藤みな子や林京子、さらに遅れて青来有一《せいらいゆういち》といったところが対象です。この中で林京子の存在が、すぐれて大きいように思われました。そこで今回は林京子について、散文でなく断片的な叙事詩として述べさせて下さい。目の粗いものになりますが、要点が強調されるからです。

第一章は、生い立ちから作家としてデビューするまで

第二章は、作品のいくつかを周辺の状況とともに取り上げ

第三章は、アメリカの影響や原発小説に触れ、評価について詠じます。

林京子と核状況下の現在を、ご緒に考えてみましょう。

敬称は原則として省略、数字表記は不統一のままとさせて頂きます。

目次

第二章　多くの作品から　29

第一章　作家になるまで

上海の少女

女の子がいた
きっと可愛らしい姑娘《くうにゃん》に
なるだろう

が　彼女は宮崎京子
という　長崎生まれの日本人(註)
翌年　三井物産勤務の父親の
仕事の都合で上海に移住

そのころ日本は　東洋平和の
ためと称し中国と戦争
どうも内地の日本人と違う
中国人的感覚の京子

やがて戦況は悪化し
父親だけを残し
母親と娘たちは帰国

（註）林（旧姓宮崎）京子は父・宮治、母・小枝《サエ》の三女として、一九三〇年八月二八日、長崎市東山手町三一号に生まれた。

長崎にて

やっと帰国したのは
終戦の間近にせまった
昭和二十年のこと
西暦で言えば一九四五年

母親と二人の姉妹は
長崎から七里の諫早《いさはや》で暮らし始めた
が　宮崎京子は中等教育を受けるため
長崎市中新町四三に下宿する

その頃　男子は中学校
女子は女学校へ行っていた
彼女は長崎高等女学校に
編入(註)　三つ編の可愛い華奢《きゃしゃ》な子

が　勉強のできる時間は
ごく僅か　彼女たちを
待っていたのは
軍需工場の働き手

京子が学徒動員されたのは
市内の大橋町二百番地にあった

三菱重工業長崎兵器製作所
の大橋工場

ここは兵器需要の増加に伴い
昭和十四年に着工し十七年に
完成した巨大工場
魚雷を作るのだ　もっと、もっと！

そこは現在の長崎大学の
敷地より大きかったという
長崎が原爆投下の目標になったのは
一つにはこの工場を壊すため

そんなことなど露知らず
東京から　同じ長崎高等女学校に
編入された少女がいた　父親が
長崎地方裁判所長に赴任した故に

少女の名前は石田雅子
これまた三菱兵器に動員される
そこは間もなく　爆心から一・四キロの
悲劇の地点になる　絶後の地獄

（註）宮崎京子は昭和二十年三月に二年生に編入、被爆時は三年生。

八月九日の惨禍

宮崎京子が十五歳の
誕生日を迎える少しまえ
一九四五年八月九日
朝は七時過ぎから晴れていた

警戒警報や空襲警報
が　発令されたり
十時過ぎると　空襲警報
が　解除されたり

そして　午前十一時二分――

原爆搭載機ボックス・カー号は
高度九六〇〇メートルの上空から
ファットマンと呼ばれる第二号の
原子爆弾　プルトニウム爆弾を投下
爆発は松山町の
テニスコート上空で起こった

このとき空中に
摂氏数千万度の火球が発生
瞬間　火球は直径一〇〇メートル
爆心地では三～四〇〇〇度に達した

爆風は直下で四四〇メートル
一・五キロで九四メートル

京子が動員されていた
兵器工場は　爆心から一・四キロ
一切の生物が死滅する
と　いわれた特別地域

潰され火の出た工場屋舎から
這い出し松山町あたりに出てみると
街が消えている！
皮膚の垂れさがった腕を
前に出した人には　顔がない

目も鼻もない　口もない！

金比羅山を通り夕方母校へ　そして夜は
下宿先に着き　探しに来た母親に伴なわれ
三日後に　祖母の居る諫早へ逃げ帰ると
あたりは被爆者で溢れていた

被爆者たちが死んでいく
髪の毛が抜け死んでいく
蛆をわかせて死んでいく
無傷な者も　死んでいく

戦後の生活

絶望的な状況のもと
奇跡的に助かった宮崎京子
幸か不幸か彼女の家族で
被爆したのは彼女だけ

父親が帰国するのは一九四六年
全てを失った父親は　茫然
おまけに　占領軍の指示により
戦前の財閥は解体され

おかげで父親は失職

京子が長崎高女を卒業したのは
一九四七年の三月で　四月には
長崎医科大学付属の厚生女学部
専門科に入学したが　すぐ中退

九月には伯母を見舞って上洛し
仕事に就いて伏見に住み　五一年（註）
林俊夫と結婚　二一歳のときだ
被爆について考えながら
東京・横浜・逗子市へと転居

一九五一年といえば昭和二六年
一月三日に紅白歌合戦が始まり
四月にマッカーサー元帥が帰国
世には明るさが戻りかけていた

が　彼女には心配が付き纏った
恐怖の元になるのは　同級生や
知人らを　突然襲った原爆死だ
娘時代の不安は　専らそのこと

じっさい体調不良は続いていた
いつかは突如として重症になって
死者の仲間に入るのではないか

不安の「生」、「死」の中の「生」
それらは　やがて作品化される

結婚して子供が生まれると
今度は子どもの死を怖れるようになる
生活を楽しむ心の余裕はなく
精神的な性は精神から剝離する
これらも作品化されるのだが……

（注）この年の三月に原民喜が自殺、五月に永井隆が死去。

長崎の詩的活動と検閲

炎天、子のいまわの水をさがしにゆく
この世の一夜を母のそばに、月がさしている顔
なにもかもなくした手に四まいの爆死証明
――すさまじい松尾敦之《あつゆき》
の　自由律俳句

広島でも最初の原爆作品は
俳句・短歌・川柳、つまり
短詩型文学だった　と思う

日本人の生活から出たもの
が　すぐ発表できたわけではない
ＧＨＱ　連合国軍総司令部によって
プレスコードこと新聞準則が　戦後間もない
一九四五年九月一九日に発令　二一日に発布
され　殊に原爆関係は厳しく検閲されたから

松尾敦之は日記に書き付けた俳句を
敗戦後『長崎文学』に投稿したが
検閲で発禁となる
公刊されたのは　戦後十年目

句集『長崎』が平和教育研究集会から
出版されたのは　一九五五年の八月
風木雲太郎の『長崎詩篇』が東峰書房
から発行されたのは　同年一二月

林京子には結婚生活があった
が　文学よ燃え上れ
京子よ　小説を書け

祈りの長崎?

社会が落ち着きだした
昭和二十四年　巷には
サトウハチロー作詞
古関裕而作曲の「長崎の鐘」
が流行し始めていた

これは長崎医大の放射線学者
N博士の　同名の作品を
歌謡化したもの　平和への

祈りだ　として大ヒット

が　これは長崎の原爆観を
「祈りの長崎」として固定さす
もとになり　長崎の原爆文学に
ブレーキをかけたのではないか

じっさいN博士は
ある意味では　原爆を擁護する
神の摂理　神の恵みと解釈するのだ
一瞬にして死んだ者は罪の穢れがない人
罪を犯したものは煉獄ナガサキに残される
というのだ

詩人の山田かんたちは
原爆投下を神の恵みとする
N博士の原爆観に反対し
激しく攻撃した

　筆者も　山田たちと同じように考える
　宮崎・林京子は　どうだったろうか？

彼女はじっと　眺めていた
いつかは書くとの
予感を秘めて

証言者でなく作家を

長崎とても　怒りがない
わけではない　多くの証言集や記録
を見れば　それがよく分かる

『私たちは長崎にいた』一九五二年
『長崎の証言』一九六九年、一九七〇年
『炎の中から――被爆衛生兵の証言』一九七一年
『長崎の証言・第４集』一九七二年　など

証言にはそれなりの価値がある
が　原爆文学の作家が育ってほしい

長崎県生まれの佐多稲子は
「歴訪」や「樹影」など原爆文学も書いたが
一般文学の作家といったほうが適切
被爆者で詩人・エッセイスト・作家の
福田須磨子は　反核運動の印象がつよい

だとすれば最初の作家は
原爆作家は誰だろう?

作家への道

一九七一年一二月
後藤みな子の「刻を曳く」が
昭和四六年度の「文芸賞」を受賞
みな子は一九三六年の長崎生まれ

長崎医大の医者の娘だが
父親が日本にいない時　母と
ともに被爆した
この点は林京子と類似している

それではこの頃　林京子は
何をしていたのだろうか　彼女も秘かに
小説を書こうと　していたのだろうか

長男が生まれたのは一九五三（昭和二八）年
の三月　京子は二三歳
平凡な月日が流れているかのようだったが
彼女の脳裡から八月九日が消えることはない

しばらく経った昭和三七年
保高徳蔵が主宰する同人雑誌『文藝首都』
に参加　ここの同人には津島祐子や

自殺した小林美代子　中上健次らがいた
中上は京子の小説を「お涙頂戴式」と
評価したが　これは見当違い

京子の『文藝首都』での作品は
「青い道」「閃光の夏」「伏見の布袋さま」
「山吹」「ビクトリアの箱」など
原爆文学を目指していたのであろうか

京子が広島の　原爆作家たちの仕事に
関心を示したかどうかは定かでない
原爆など思い出したくなかったかもしれないが
昭和三八年　被爆者健康手帳の交付を受ける

昭和四四年『文藝首都』終刊
同四五年　父宮崎宮治が七一歳で死亡
同四九（一九七四）年五月　事務所・銀座の
業界紙「食糧タイムズ」に就職

同年一一月　四四歳で林俊夫と離婚
なにもかも　なくなっていく
さあ書こう……

第二章　多くの作品から

祭りの場

長崎は　昭和十九年八月の初空襲から
二十年八月一日までに　五回空襲を受け
約千人の死傷者を出しているが
今度の空襲は全く様子が違っていた――

気づいたら
倒壊家屋の下にいた
大空をかきむしる爆音のあと
原爆投下後の瞬時の記録

殺伐なコンクリートの工場広場
出陣学徒送別の踊りの場
その日この踊りの輪にいた
四十人の学生は　全員即死

七三八八九人が即死し
その後も死に続けた惨状を
いくつかの挿話を入れながら
林京子は「祭りの場」を
「私」をして描かしめた

かなりの月日が経ってからの

あの日をめぐる物語
が　自分の目撃譚を超えている
これは　私小説　ではない

大田洋子の『屍の街』は
凄まじい臨場感を覚えさせる
林京子の「祭りの場」には
そういうものは欠けている

が　それはそれでいいのだ
従来の原爆文学の枠を超える
何かが
あるではないか

そう　この「祭りの場」は
「私」の目だけでなく　母親や姉妹
親戚の目　さらには救援隊の記録や
被害報告書なども含めて書かれたのだ

一九七五年の『群像』
六月号に載った「祭りの場」
原稿用紙一〇五枚は
埴谷雄高たちの推薦によって
第一八回群像新人文学賞

デビュー作の評価

第七三回の芥川賞
「祭りの場」を巡って
一九七五年上半期の選評は
『文藝春秋』九月号に掲載され
九人の選考委員の意見は――

井上靖は激賞し
船橋聖一も二重丸
「涙が出そうになった」と

述べたのは滝井孝作

大岡昇平、中村光夫、永井龍男
も　まああの点をつけた
被爆後三十年も耐えて
あの日のことを書いたことが
プラスの要因になった
と　思われる

これに対して安岡章太郎は
「事実としての感動は重いが
文學としての感動に繋がらぬ」
と　批判的

吉行淳之介は
各部の不統一に触れていた
丹羽文雄は　評価なし

ちなみに他の候補作としては
中上健次の「浄徳寺ツアー」
など七作があったが
ほとんど問題になっていない

発表後の文壇周辺では
特殊な作品なので
「一作で消えるのではないか」
との危惧も囁かれたようだ

かつて火野葦平の『麦と兵隊』
が話題を呼んだ時
「これで終わるのではないか」
と噂されたが　彼は書き続けた

林京子も
多作ぶりを発揮する
これで彼女の進路は決まった
押し寄せる
文学賞の群れ

ギヤマン　ビードロ・十二連作

京子は　一九七七年三月から
七八年二月まで　雑誌『群像』
に　独立して読むこともできる
第一人称の　十二の短篇
「ギヤマン　ビードロ」を連載

最初の「空罐」では――
母校の廃校を機に　集まる五名の元同級生
が　きぬ子は背中のガラスを取る入院のため

来られない　彼女は原爆で両親を亡くし
その骨を空罐に入れて　毎日
学校へ通っていたのだった
三十二年目の夏　三十三回忌の夏

表題作が「ギヤマン　ビードロ」
ここでの私は
友人と二人で　長崎ガラスを探して歩く
ギヤマンはガラス製品
ビードロは吹きガラス　首の長い
フラスコ状の玩具　長崎の伝統工芸
が　二人が探しても傷ものばかり
原爆のせいで　物も人のように傷ついた

という暗喩か

　その他の作品もふくめ
　更年期に達した彼女たちは
　独身を通す者　あるいは結婚しても
　離婚または死別　子どもが生まれても
　自分が被爆者だと言えぬ母親
　などが登場

即ち逃げて歩いた　長崎の街を
二分する「金比羅山」のこと
「青年たち」の原稿を渡した時には
《少し気を抜いてもいいですよ》

と　編集部の人に言われたとか

そのせいか「黄砂」は
『ギヤマン　ビードロ』の主題から
外れたような上海の
少女京子を可愛がってくれた
自殺した日本人娼婦の話
「響」にも《日本人でありながら、中国で育ち、
中国人の風俗を身につけた子供だった》
などと書く

「帰る」は同期会と慰霊祭の通知に纏わる「島さん」の話
彼女は米兵と暮らしていたらしい　幸福なものではあるまい

「記録」は　八月九日を中心にした戦没動員学徒の
記録を集めている体操教師のことなど

原爆死没者の追悼式で　三十年ぶりに会った友が
会場に並べられた報道写真中の一枚の前で立ち止まり
《うちが燃えてる》と嗚咽を洩らす「友よ」は感動的

「影」は　私と友人二人が追悼会のあと風呂に入り
年齢より年老いた骨を脂肪でつないだ　体を洗い合う
「無明」は公園での追悼式から　医大関係の件になり
終戦が一週間早かったら　と怨んで
八月九日には部屋から出なかった伯父の話

最後の「野に」では
被爆直後　焼野原を逃げながら見た
浦上信徒の姿がうかぶ

これらを纏めた単行本の
『ギヤマン　ビードロ』が講談社から
出版されたのは一九七八年の五月
これは話題を呼び　さっそく
芸術選奨新人賞の内示があったが
「被爆者だから国家の賞は受けられない」
と辞退　あっぱれ！

上海もの

一九七九年　京子は
中央公論社の雑誌『海』に
幼い頃を過ごした上海を舞台とした
「ミッシェルの口紅」を　一月から
十一月まで隔月に連載した
上海における宮崎一家の物語――

この中の「老太婆の路地」は
上海で京子ら宮崎一家が住んでいた家の

ゴッドマザー的な家主　母親が偽軍人に
難癖をつけられた時　ウマクやりこなす

「群がる街」は　鬼ごっこのような
遊びに興じる宮崎の姉妹に水死体
「はなのなかの道」は昭和十八年に
女学校に入った「私」と千人針(註)の話
「黄浦江」は　上海の市内を流れる川で
イタリア降伏が絡んだ話
「耕地」は　『中支を征く』という本
を導入に使って　市街戦のことなどを語る

表題作の「ミッシェルの口紅」は　次女の

北京への修学旅行を巡る話
北京みやげは四人の姉妹に　揃いの
唐子《からこ》の針さし　最後に次女が取り出したのは
フランス製の色の変わる口紅だった

植民地文学というほどの気負いはなく
軍人、中国人、娼婦などの偏見なしに
澄んだ目で描いたもので
『婦人公論』に載せた「映写幕」
を加えて　一九八〇年に中央公論社から
『ミッシェルの口紅』を出版する

「映写幕」は　母と「私」が行った

諫早の映画館で　上海時代に同級生だった
津田の兄さんらしい男と　その母親と遭う
兄さんは囚人服を着ているようだ

その後しばらく原爆小説を書き
一九八三年には旅行記『上海』を　中央公論社
から刊行　これは同年の女流文学賞を受賞

『上海』は京子の
原爆を見る目を　拡げ深めた

（注）一枚の布に千人の女性が赤糸で縫い玉を作って武運を祈り出征兵士に贈ったもの。

無きが如き

『ミッシェルの口紅』のあと
京子はこれまでの第一人称
「私」の語りでなく第三人称
「女」を登場させる　『群像』に
一九八〇年一月から一二月まで
連載された「無きが如き」だ

舞台は獣医の家
「女」が

アメリカ人獣医バッブと結婚している
女学校時代の友人・春子に招かれ
三度目の　八月の長崎を訪れる

その日のバッブ家の客は　老医師、
ブルドッグを飼っている中年女、
ベキニーズのご隠居さんという老女、
それから「女」の四人
三年前に死んだ友人・花子の息子も
招待されているが最後まで現れない

春子・花子・「女」は終戦直後
映画『格子なき牢獄（註）』

を　見たことがある
青春を共有した一時期だ

三人とも結婚し　子どもは
一人ずつだが　二人は離婚
夫と一緒なのは国際結婚の春子だけ
三人に共通なのは原爆症があること
被爆二世の恐怖から逃げられない

この長篇の主題ではないが
平和式典の描写の中に
《原子力発電反対》
の幟も出てくる

子どもたちは無事に育った
花子には死後　孫も生まれた
八月九日と赤ん坊を切り離したい
が　母と子の血は続いている
絶望的な悩みの中で育てる
女たちの生　その日常と意識が
〈無きが如き〉生　として捉えられる

（筆者註）フランス映画『格子なき牢獄』（一九三八年、レオニード・モギー監督、少女感化院が舞台）であろう。被爆を格子無き牢獄に見立てたのかもしれない。

三界の家

仏教語の三界《さんがい》とは
欲界・色界・無色界で
つまりは全世界のこと

前年度の最も完成度の高い短篇小説
に与えられる川端康成文学賞の第一一回
は　一九八三年一〇月の『新潮』に載った
林京子の「三界の家」に授与された

ここでは父の死　お墓のことから
母と父の葛藤　どこにも住む場所のない
「三界に家無き」女の哀れが
「眠り」と「死」に絡めて語られる

「三界の家」の他
「谷間の家」『文學界』一九八一年四月号
「父のいる谷」『すばる』八二年三月号
「家」『文學界』七七年二月号
「煙」『群像』七八年八月号
「無事」『群像』八二年一月号
「釈明」『別冊婦人公論』八〇年一〇月号
「雨名月」の七作

戦後を被爆者として生きた経験を
基にして書いた諸作品が収録され
一つの群れを成している

この短篇集を収録した全集第三巻の「あとがき」
で京子は　《私の生きがいは子育てだった》と書く
被爆者だから殊更に感じたのかもしれない　そして
小説『三界の家』を書いたのは　子供が大学を卒業し
社会に巣立ち　二十余年の結婚生活も解消したころ
「女は三界に家無し」という言葉もあるが
《雑多なできごとが重なって家を出て、放浪していた時》
だ　最終目的は女ホームレスになることだった

が　街を歩いていて一人の女のホームレスを見て
考えが揺らぐ
彼女は被爆を書かねばならないのだ

彼女の作品は
原爆私小説を超え
女性の普遍的な
悲しみに至る

家族を描く

上海は楽しい「陽」の思い出
被爆は悲しい「負」の記憶
もう一つ家族についての苦しい想いを
京子は「三界の家」で書いた
そのあと京子が発表した家族ものとしては
「残照」や「谷間」がある

「谷間」は草男と　被爆者なつこ夫婦の話
彼はある新聞社の中国特派員　彼には

C・Mという女性記者の恋人がいた
なつこが草男と出会ったのは一九四八年の冬頃
結婚は五一年　彼には妹がいたが普通の仲ではない
なつこは男の子を産むが　彼は無関心　やがて離婚
これは一九八六年一月の『群像』に載った

「残照」の初出は一九八五年一月の『文学界』
発表は「谷間」より早いが　桂という男の子の
アメリカ赴任が決まった時点から話が始まる
母親である私と別れた父親は元新聞記者
いろいろ注意事項を指導してから去る
父親らしい別れ

アメリカに移住

一九七八（昭和五三）年　長男が結婚し同居
一九八五年の六月
長男のアメリカ駐在に伴い　その家族とともに
ヴァージニア州に移り住む　五五歳の時だ
一〇月六日　アメリカ籍の初孫誕生
八六年八月には　ビザ更新のため一時帰国

一九八八年二月　旅行記『ヴァージニアの蒼い空』に
「一年間、まだ不愉快なアメリカ人に遭ったことがない」

と記し二月に擱筆　五月に中央公論社より出版
同月、二人目の孫が出生　六月にアメリカより帰国

翌一九八九年は一月八日から平成になる
だから　このややこしい表記によれば平成元年五月
もう一つのアメリカ随筆『ドッグウッドの花咲く町』
が　影書房から刊行された

ドッグウッドは　日本名で言えばハナミズキ
花は州の花　白やピンクや赤の　花は州の花
楽しそうだが
最後に「戦争への嫌悪」が出てくる

アメリカ生活の影響

ヴァージニア州で暮らした三年間
京子は　アメリカ人の妻になって二、三十年の
かつて「戦争花嫁」と呼ばれた世代の
婦人たちと知り合った
彼女たちの多くは　高等教育を受けていた

収穫は月一回の　州立精神病院への
ボランティア　この豊かな国に心を病む人が
なぜいるのだろう?

この精神の闇

帰国直後の仕事
新潮社刊の短篇集『輪舞』五つの話や
数年後の中央公論社刊『樫の木のテーブル』の
七つの話のいくつかには　アメリカでの
体験が　そこはかとなく反映している

彼女は原爆の発祥地　トリニティ
へ　行ってみたかった
爆発点　グランド・ゼロに立ってみたかった
機会がなかったが　いつかは往く

やすらかにねむる

一九九〇年に第二六回
谷崎潤一郎賞を受賞した林京子の
『やすらかに今はねむり給え』
という題は　ある言葉を思い出させる

広島の平和公園の慰霊碑の
「安らかに眠って下さい　過ちは繰り返しませんから」
という碑銘だ　眠れないから、昇天できないから
眠るよう頼むのではあるまいか

詩人の石川逸子は　この作品を収録した『林京子全集』第五巻の解説で書く
――京子たちの運命を変えたN高等女学校報国隊報告書には　動員令の
発動日も解除日も「不明」とされていることへの怒り　基調をなした
恩師や友人の日記　同じく動員された少し年長の旧制高校生とのふれあい
《戦争末期の困難な時代にも、十代の伸びようとする魂が、機会あるごとに
「自己主張と抵抗」を試みたことを》林京子は記している、と

くり返せば谷崎賞は中央公論社が
創業八〇周年を記念して一九六五年に
時代を代表する優れた作品を顕彰するため創設した
いかにも　ふさわしい受賞

ドラマと戯曲

一九八九年は一月八日で
改元されたから平成元年の四月二九日――
有馬稲子や松島トモ子らが出演し
ＦＭシアターが「夢のまた夢」を放送

平成七年、一九九五年の一〇月七日には
ＦＭラジオで「フォアグラと公僕」が
放送され　芸術作品賞を受賞
一九九六年版『テレビドラマ代表作選集』

に　収録された(註)京子唯一の戯曲
戦争の被害者は日本国内だけでなく
米国アーリントン墓地に眠る　ゆうこの夫
ボブと二人の孫　日本人旅行者が絡む

平成八年九月には
「青春」が文化座で上演され
また
一〇年一〇月三〇日には「ある晴れた日に」が
文化庁芸術祭参加作品として放送された

（註）『林京子全集』第6巻でも読むことができる。

長い時間をかけ……

野間文芸賞は講談社の初代社長
野間清治の遺志により創られた
純文学の小説家・評論家に与えられる賞
第一回は大東亜戦争が始まった昭和十六年
林京子の『長い時間をかけた人間の経験』
の受賞は平成十二年で第五三回　彼女は七〇歳

すでに逝った友人たちを悼み
近くに在る三十三ヵ所の札所巡りを思い立った「私」は

友人「カナ」の名前入り手拭いに　ご朱印を頂こうと
最初の寺を訪れたが　お盆なので住職は檀家巡りで留守
優しげな婦人に捺印してもらい　海の見える御堂のまえで休む

――カナと私は同じ学年で　二人とも被爆者
数年まえ　彼女が送ってくれた「はまゆう」を庭に植えた
彼女は結婚していたが夫が死亡　子供もいない
両親も早く死んでいる　電話をかけたが通じない
一人娘だったので　連絡の取りようがない
カナの「はまゆう」は今年も咲いた

ミエは文学少女　東京から転入してきた少女も文学好き
ミエは掘辰雄の愛読者　『風立ちぬ』は読みましたか?

ミエの顔にはガラスの傷跡があったが　目立ちはしない
ミエは八月九日を小説に書くと言っていたが　自殺した

他に　アメリカ科学者のメッセージも出てくる
原爆や長崎被爆に関する　科学データも並べられている
広島で被爆した軍医で　内部被曝『内部の敵』を説いているS医師(註)
と会って　話しを聞いたことも記される

秀才だったS子　多数の『祭りの場』を買ってくれたR子
女医になったI子　みんな死んでしまった
三十二の札所を巡っても　答えは何一つ出てこない
最後の寺では　カナの手拭いの裏側にご朱印を貰う
それから寺に近い海岸に出て　岩場の岩に腰を下ろす

入道雲が湧いている　自然は子どもの頃と変わっていない
浜には多くの親子連れがいた　私が幸せだったように
浜辺の子供たちも　親たちに見守られて幸せなのだ
どの目も風と波を追って動いていた

林京子を「原爆ファシスト」と呼ぶ人がいる
原爆を特権化する姿勢ありと　批判する者もいた
が　この『長い時間をかけた人間の経験』は
原爆学小説のサンプルにしたいような作品

（註）『広島の消えた日』影書房、『内部被曝の脅威』筑摩書房の肥田舜太郎氏であろう。

別の上海『予定時間』

戦後二度目の上海行きのあと
一九九八年に京子は　「私」や
「女」でない　「男」の新聞記者を
主人公「わたし」とした長篇を書く

わたしが日本の敗戦を知ったのは
昭和二十年八月五日ごろ　広島被爆よりまえ
上海の中国語新聞社が　ソ連が発表した
「日本ポツダム宣言受託」とのニュースを傍受

日本の敗戦を知った一部の中国人は
勝利を祝い　爆竹を鳴らして乱舞した
それから半世紀経って書かれた　この回想記は
別れた夫　林俊夫がモデルのはず
彼は　大東亜共栄圏の見果てぬ夢を追っていたが
建前だけのものに　中国民衆は同《どう》じない

「わたし」は以後を　母国のために生きようとする——
別れた夫を作中に出した作品は　多くはないが
この長篇では「わたし」の鎮魂を図った　と同時に
京子の中で　何かが変わろうとしていた

第三章　原爆作家を超える

国立原子力博物館にて

林京子は一九九九年の秋
友人・月子の案内で　米国ニューメキシコ州の
アルバカーキー空軍基地に設置してある
国立原子力博物館《ナショナル・アトミック・ミュージアム》を訪れた

一般見学者は　専用のバスに乗り換えて行く
二十分走りミュージアムに着く　質素な建物
入って目につくのは　テニアン島を飛び立ち
長崎を攻撃したボックス・カー号が　沖縄に

帰還した道筋の写真　奇妙な視線を感じる
テレビでは記録映画　三人の白人男性に老人が説明
老人は気がかりな視線で京子を見ると　職員の部屋に去る
画面がきのこ雲に変わると　三人の男の背筋が緊張
一人の男が窺うように京子を見る　ここは
老人たちの世代が勝ち取った栄光の世界なのだ

《老人がみせた視線は、核兵器廃絶は人間の良識、
と鵜呑みに信じていた》京子の神話を崩す
部屋の中央に在る原子爆弾は　二つの
柩のように鎮まっている

ロス・アラモス国立研究所

ニューメキシコ州の州都サンタフェから
五〇キロほど山奥　ロッキー山脈南端の
ロス・アラモスにはマンハッタン計画(註1)の
オッペンハイマー所長の研究所があった

観客は　京子ら以外は白人ばかり
オークリッジとハンフォードで作られた
濃縮ウランとプルトニウムは　ここに運ばれ
原子爆弾に組み立てられた

が　ここにあったプルトニウムは
二人の科学者の命を奪う　核物質は怖いものだ
のちに水爆実験の話が出始めると
オッペンハイマーはこれに反対

ニューメキシコには有色人種が多いが
原爆開発に関わったのは白人たち
彼らは核文明を擁護し推進する
オッペンハイマーは公職から追放（註2）された

（註1）第二次世界大戦の原爆製造計画、宇宙開発・原子力開発のモデルとなる。
（註2）オッペンハイマーの公職追放は没後の二〇二二年に取り消された。

トリニティ・サイトでは

前述の国立原子力博物館や
ロス・アラモス国立研究所の話は有意の作品
「トリニティからトリニティへ」　に出てくる
主体となる以下の部分で京子は
「ルイへ――」　と呼びかけ　手紙を書く

一九九九年一〇月の第一土曜日　京子は
念願の　トリニティ・サイトを訪れる
一般の見学は年に二回　四月と一〇月の

最初の土曜だけ　見学が許されるのだ
トリニティ・サイトはアルバカーキから
約一九〇キロ南東の　アラモゴードのはずれが所在
この辺りの草原にはガラガラ蛇がいるそうだ
「歩くな！」と警告が出ており　車を駆る

トリニティ・サイトは地図にない　隠された場所
行く手に鉄塔と巨大なパラボラアンテナが見えたから
近くだろう　じっさい係官が出て来て停車を命じる
丸太と有刺鉄線を組んだ柵が開けてあり　そこがゲイト
ここからは軍の管轄　入場規則にサインして入る

トリニィ・サイトは　高さ三メートルのフェンスで囲われた
野球場が数個も入る広さの荒野　その中心にグランド・ゼロ(註)
があって　国立歴史記念碑が建っている
砂漠のサソリやや小さな虫たち、トカゲやガラガラ蛇
草花も核兵器のはじめの犠牲者だった
被爆したのは　広島・長崎だけではない
原子爆弾は　大地自体まで壊してしまったのだ

前日まで空軍基地内のアトミック・ミュージアム
に在ったファットマンが　年に二回の里帰り
地元の報道関係者が　インタビューの準備をすすめ
二人の日本男性　広島の被爆者がインタビューを受ける
その夜　京子は再びルイに手紙を書き

知人が作った詩を添え　質問も記す
——世界は汝の実験を必要とせず。——
あなたはどう思いますか、ルイ。

文中のルイは　京子より少し年下の女性と思われる
ところが「ルイ」は普通　男性の名前ではないか
太陽王ルイ一四世のように　だとすればこの名には深い意味が
林京子はノーベル文学賞に値する作家ではないか

（註）ここでは原爆実験での爆発点、日本では爆心地。

原発への想い

二〇〇二年の『群像』一月号
に発表された「収穫」は
東海村の核燃料加工施設ＪＯＣ
の事故を背景に据えた短篇

ある村に
核燃料加工工場が誘致され
農地や宅地が地上げされて
工場が建つ

その隣で
農業をしていた老人は
さつま芋畑の一部が日陰になり
いまいましく思ったものの
年ごとに甘さを増していく芋を
丹精込めて育てていた

ところがある日
工場からサイレンが鳴り
幹線道路をサイレン車が走る
爆発事故が起こったのだ
車から降りた男たちは

「避難準備をして下さい」
と　触れ廻る
が　老人は
芋を放置して逃げる気はない

核燃料加工工場の事故となれば
周囲は放射能で汚染されたはず
収穫しても売り物にはなるまい
自家用でも食べぬかもしれない

事故から三日後
サンプル調査をした村の土や
水や作物や家畜などからも

放射能の影響は見られない
との　公式発表があった
が　私たちは憂うる
公式発表が　どうであろうと
「あれは放射能汚染の芋」だとの
風評被害は残るだろうと

この作品は原発を含め核の問題を
初めて　意識的に表現したもので
トリニティ帰りの直後に書かれた

『希望』という本

二〇〇四年の「群像」七月号に
京子は「希望」という中篇を発表——
冒頭に　男子出生を祝う鯉のぼりが出る

被爆死した長崎医大の教授の娘・貴子に
医者の卵・諒が恋をするけれど　貴子は
父親を探して入市被爆したので　諒の愛を
受け入れることが出来なかったが　二人の純愛が
障害を乗り越えていく　これまでの作品とは違う展開

〇五年の同誌一月号に掲載された「幸せな日日」は
別れた夫との関係を　「負」から「陽」にした短篇
諸の思い出もすべて過ぎ去ったこと　今は
静かで平穏な「幸せな日日」を送っているのだ

ただし原爆への想いが消えたのではなく
核文明への深い洞察が生じたのであろう

「希望」は〇五年三月に　「幸せな日日」
など二編を加え　講談社から『希望』という
四六判の上製本として出版された

全集の刊行

趙多作というほどではないが
二〇〇五年に日本図書センターから
『林京子全集』全八巻が出版され
これはその年度の朝日賞を受賞

朝日賞は一九二九年に創設され
当初は朝日文化賞と称したが　のち改名
人文および自然科学に貢献した個人や団体に
翌年最初の『朝日新聞』に発表する

このため受賞年の記載に混乱を招く

同日の受賞者は　俳優の小沢昭一
音楽では指揮活動の岩城宏之
物理では非線形科学の蔵本由紀
医学生物学は免疫の審良静男たち

彼女の全集八巻に至る業績が認められたのは
当然といえば当然な大きい仕事だが
「とにかく　おめでとうございます」
それにしても林京子は
なんと　よく受賞する人であることか

再びルイへ。

もう一つ　核文学として
最後の小説のように書かれた
短篇「再びルイへ。(註)」がある
ここで林京子は総括をこころみる

この中で　気になっていた内部被曝
幼少女期を過ごした上海　帰って来た長崎
トリニティ・サイトの尋訪　ともに被爆した
友人たちの現在　などが述べられる

そこには　危惧していた原発事故
が起こったことへの　絶望と怒り
被爆者と被曝民は同類なのだ
隠してきたのは政府　原子力ムラの住人

作中で呼びかけられる「ルイへ」
という言葉の「ルイ」は「人類」の「ルイ」
だろうと　黒古一夫は記す
多分　そうだろう

（註）この六五枚ほどの短篇の初出は『群像』二〇一三年四月号。

柳川雅子は石田雅子

長崎の　短歌誌『あすなろ』は超結社
筆者は『SF詩群』主宰として同人参加
同人には『まがたま』主宰の相澤光恵もいて
『まがたま』会員の柳川雅子は『あすなろ』にも入会

文通していると柳川は　旧姓・石田だと判明
彼女は父親の転勤に伴って長崎高女に転入　三菱兵器大橋工場に
動員され被爆　一九四九年に『雅子斃れず』を刊行(註)
林京子は彼女を　長崎における最初の少女原爆作家と呼ぶ

石田雅子は穏やかな結婚をして柳川姓となり
東京に住んでいたが反原爆の想いは変わらない
筆者は柳川雅子の短歌五首を　己の編著書『核と今』に転載
雅子の歌集『命ありて今日』には　天野裕康名義で筆者のことも載るが
「林京子さん逝く」の章から三首引く

色白の細身の裡に反戦のエネルギー秘む京子なりしよ
福島の原発事故は原爆と同じ原理と京子は叫ぶ
去年の夏原爆投下は許さぬと京子の電話の声が別れに

（註）『毎日新聞』一九九一年五月二七日付夕刊「『日本の原爆記録』と『雅子斃れず』」。詩の中では表現を多少変えさせて頂きました。

影響を受けた人々

作家・劇作家で『林京子全集』の
編集委員の一人でもあった井上ひさしは
全集第三巻の解説の中で《林さんの作品に導かれて、
私はもっと広いところへ出ることができた》と書く

長崎生まれで長崎市役所に勤めながら
一九九五年に「ジェロニモの十字架」で文学界新人賞
二〇〇一年には「聖水」で芥川賞　〇七年は「爆心」で
伊東整文学賞、谷崎潤一郎賞を受賞した青来有一《せいらいゆういち》は

長崎原爆資料館長をしていた一七年に「小指が燃える」を発表

これには　林京子をイメージして作り上げたHが登場
青来自身の「わたし」は　ジャングルの敗残兵を描いている
なぜここで　被爆した長崎を書かないのか
戦後生まれだから　知らぬ原爆を書く《うしろめたさ》
それをHが救う　京子の「三界の家」や「野に」が救う

林京子の《自由に書いていいのよ》というエールで
青來有一は　被爆を描くことができたのかも……
多分そうだ　他にも沢山いる　そして今後も
影響を受けた作家が出てくるに違いない

あとがき

本書の「まえがき」の中で、《長崎は広島より少し出遅れた》と失礼なことを書きましたが、原爆文学のスタートが遅れたことは事実です。

その原因として、惨状を描く既成の作家がいなかったことが挙げられますし、地形のせいで被害の及ばない部分が残り、被害を少なくした点もあるでしょう。

医学会関係で私の長崎への往復は続いており、『死の同心円』を書かれた秋月辰一郎先生にはなにかとお世話になりましたが、「怒りの広島、祈りの長崎」という言葉も実感できるようになりました。オランダ坂・中華街などが歴史の重みをつくり、信仰という要素も加わって、原爆の惨禍を覆い隠しているのかもしれません。

この奇妙な詩集の中で、長崎における原爆文学の魁《さきがけ》ともいえる永井隆『長崎の鐘』などの著作を、私は無視しようとしました。それは永井博士が、原爆を憎むべきものとしてではなく、神の恩寵として受け取るよう勧めたからです。戦争文学と同じく、原爆文学は原爆被害者文学であり悲惨を書くべきもの、と私は思っておりますので、長崎における原爆文学のトップバッターとしては、永井隆と彼の諸作を挙げることが出来なかったのです。

原爆が染色体に影響を及ぼす点、産む者としての女性がより多くの被害を受け、激しく反応したのは当然かもしれません。広島における大田洋子の『屍の街』に相当するものとしては、石田雅子の『雅子斃れず』がありますが、ここで付言すれば、林京子はノーベル文学賞に値した、と言えるでしょう。

林京子はデビュー作において「私」の語りであるにも関わらず、既に日本文学では伝統的な私小説の殻を破っています。後年には原爆小説から、原発を含めた核文学への高まりをみせていました。

二〇二三年の二月には神奈川近代文学館において、林京子や核危機についての講演とシンポジウムが開催される由、これを機に林京子研究が一段と盛んになるようにと、祈っております。

主な参考文献

秋月辰一郎『死の同心円』一九七二年、講談社。

天瀬裕康編『核と今』二〇一八年、ライトアングル出版事業部。

石田雅子『雅子斃れず――長崎原子爆弾記』一九四九年、表現社。

井上ひさし・河野多恵子・黒古一夫編『林京子全集』全8巻、二〇〇五年、日本図書センター。

井上光晴『西海原子力発電所』一九八六年、文藝春秋社。

「核戦争の危機を訴える文学者の声明」署名者＝編集世話人『日本の原爆文学⑮評論／エッセイ』一九八三年、ほるぷ出版。

片山夏子『ふくしま原発作業員日誌　イチエフの真実、9年間の記録』二〇二〇年、朝日新聞出版。

金子熊夫『日本の核・アジアの核』一九九七年、朝日新聞社。

川村　湊『戦後文学を問う―その体験と理念―』一九九五年、岩波書店。

『震災・原発文学論』二〇一三年、インパクト出版会。

L・ギオワニティ&F・フリード著、堀江芳孝訳『原爆投下決定』一九六七年、原書房。

黒古一夫『原爆とことば　原民喜から林京子まで』一九八三年、三一書房。

『林京子論――ナガサキ・上海・アメリカ』二〇〇七年、日本図書センター。

香内信子「林京子論」（『国文学解釈と鑑賞』第五〇巻九号、一九八五年八月、至文堂）。

志賀　泉『無情の神が舞い降りる』二〇一七年、筑摩書房。

調来助編『長崎―爆心地復元の記録』一九七二年、日本放送出版協会。

青来有一『小指が燃える』二〇一七年、文芸春秋社。

高木仁三郎『原発事故はなぜくりかえすのか』二〇〇〇年、岩波書店。

多和田葉子『献灯使』二〇一一年、講談社。

ジョン・W・トリート著、水島裕雅・成定薫・野坂昭雄訳『グラウンド・ゼロを書く　日本文学と原爆』二〇一〇年、法政大学出版局。

永井　隆『長崎の鐘』一九四九年、日比谷出版社。

長岡弘芳『原爆民衆史』一九七七年、未来社。

長崎総合科学大学平和研究所編『ナガサキ―1945年8月9日』一九八四年、岩波ジュニア新書。

西尾　漠『脱！　プルトニウム社会』一九九三年、七つ森書館。

林　京子『祭りの場／ギャマン　ビードロ』一九八八年、講談社文芸文庫。

林　京子『谷間　再びルイへ。』二〇一六年、講談社文芸文庫。

広河隆一『チェルノブイリと地球』一九九六年、講談社。

バーナード・ラウン著、田城明訳『病める地球を癒すために』一九九一年、中国新聞社。

水田九八二郎『原爆を読む』一九八二年、講談社。

村上政彦『αとω』二〇二一年、鳥影社。

森　詠「林京子さんを偲んで」（脱原発社会をめざす文学者の会『会報』第9号、二〇一七年四月）

森川雅美詩集『日録』二〇二〇年、はるかぜ書房。

柳川雅子歌集『命ありて今日』二〇一九年、紅《べに》書房。

渡辺　晋『核戦争防止国際医師会議（ＩＰＰＮＷ）私記』二〇一六年、中国新聞社事業情報センター。

著者略歴

天瀬裕康（あませ・ひろやす）

本名・渡辺　晋（わたなべ・すすむ）
1931年11月　広島県呉市生まれ
1961年 3 月　岡山大学大学院医学研究科卒（医学博士）

現　在　日本ペンクラブ会員、日本ＳＦ作家クラブ会員、
日本文藝家協会会員、脱原発社会をめざす文学者の会会員、
『イマジニア』会員
『ＳＦ詩群』主宰
（本名では戦争防止国際医師会議日本支部理事）

主著書　評伝『峠三吉バラエティー帖』（2012年11月、溪水社）
短篇集『異臭の六日間』（2016年4月、近代文藝社）
アンソロジー『原民喜　夢の器』（2018年5月、彩流社）
混成詩『麗しの福島よ』（2021年11月、コールサック社）
（本名では『核戦争防止国際医師会議私記』及び英語版）

―被爆作家が描き告げる―
林京子の反核世界

令和5年1月31日発行

著　　者　天　瀬　裕　康
発 行 所　株式会社 溪　水　社
広島市中区小町1-4（〒730-0041）
電　話 082-246-7909
ＦＡＸ 082-246-7876
E-mail:contact@keisui.co.jp
製作協力　西日本文化出版

ISBN 978-4-86327-615-4